KB184201

자기 이름을 위하여

백운선 시집

내 영혼을 소생시키시고 자기 이름을 위하여
의의 길로 인도하시는도다

시편 23편 3절

자기 이름을 위하여

1판 1쇄 발행 24년 12월 6일

지은이 백운선

교정 신선미 편집 이새희
마케팅 • 지원 김혜지

펴낸곳 (주)하움출판사 펴낸이 문현광

이메일 haum1000@naver.com 홈페이지 haum.kr
블로그 blog.naver.com/haum1000 인스타 @haum1007

ISBN 979-11-94276-28-9(03810)

서언

자신에게 은혜가 된다며
다른 분들에게도 시모의 글이 읽히길
바란다는 자부의 말을 듣고
책으로 내는 것에 용기를 냈습니다.
초등학교 공부가 배움의 전부인 제가
글을 쓴다는 것은
조명하시는 성령님의 일하심이라고 믿습니다.
그래서
여전히 밖으로 제 글을 내놓는 것이 부끄러우나
읽는 분들의 구원 성숙에 유익이 되길 바라는
기도를 올립니다.

이 책이 낳아지도록
인내와 기쁨으로 수고한
자부와 출판사, 그리고
추천인에게도
감사드립니다.

백운선

차례

강대훈 교수(총신대학교 신학대학원 신약학)

시집을 읽는 내내 감동이었습니다.
일상의 언어와 믿음의 언어가 어우러진 시들은 하늘의 파란 마음을 땅의 진솔한 언어로 담아냅니다.

이 시집은 시인의 인생 여정이 잔잔하게 스며 있는 자서전입니다.
시인은 딸, 어머니, 아내로 어제를 돌아보고 오늘을 인내하고 내일을 소망합니다. 특히 태어남과 죽음을 통해 인생의 의미를 되새기는 시가 많고 독자의 마음에도 많은 생각을 남깁니다.
한국의 굴곡진 현대사를 몸소 겪었는데도 시인은 끊임없이 감사의 언어로 안타까움이나 슬픔을 승화시킵니다.

이 시집은 시인의 신앙고백입니다.
시인은 하나님의 사랑에 감격하여 소녀처럼 심장이 두근거리는 경험을 시로 표현합니다. 성경의 객관적인 말씀이 시인의 일상 언어를 거쳐 믿음으로 살아가는 한 여인의 고백이 됩니다. 척박한 현실이나 노년의 고뇌가 시인의 글을 통과하여 신앙의 언어, 특히 감사와 겸손의 말로 변합니다.

이 시집은 가정의 역사이고 믿음의 여인이 남기는 유산입니다.
시인이 감사하고 그리워하는 어머니의 삶과 신앙처럼 시인의 아름답고 서정적인 시 모음도 읽은 이들에게 삶과 신앙의 유산으로 살아 숨 쉴 것입니다.

시 끝에 붙어 있는 짧은 글도 시를 짓게 된 배경을 알리고 시와 어우러져 읽는 이의 가슴에 짧은 메시지를 던집니다.

추천의 글2 : 일상에서 피어난 한 노년의 아름다운 신앙의 꽃
백금산 목사(예수가족교회 담임)

백운선 님의 시는 생활시입니다.
시인의 시에는 남편과 자녀, 자부와의 가족 관계에서 느끼는 아내와 어머니, 시어머니의 진솔한 모습이 담겨 있습니다.
시인의 시에는 아버지와 어머니에 대한 그리움과 감사, 형제들과 조카들과의 관계에서 벌어지는 생로병사 등의 현실이 담겨 있습니다.
시인의 시에는 집에서 꽃을 키우면서 느끼는 꽃과의 대화 등 모든 작은 것에 감사하고, 감격하며, 감동받는 생활의 향기가 은은하게 풍깁니다.
시인의 눈으로 바라보는 일상은 지루하고 반복적이고 무의미한 것이 아니라 새로움과 놀라움과 기쁨과 감사와 의미로 충만합니다.
누구나 시인처럼 시인의 눈으로 일상을 바라볼 수만 있다면 해 아래서 먹고, 마시고, 보고, 듣고, 자고 깨는 모든 것이 하

나님의 주신 선물이요, 하늘 세계, 영원 세계로 가는 순례자의
노래일 것입니다.

백운선 님의 시는 신앙시입니다.
시인의 시는 말씀과 설교에 대한 신앙의 응답이며, 시인의 시
는 기도로 표현된 신앙의 표현입니다.
시인의 시는 삼위일체 하나님의 영광에 대한 찬양이며, 시인
의 시는 예수님에 대한 사랑의 고백이고, 시인의 시는 창조된
인간, 타락한 인간, 구원된 인간, 완성될 인간에 대한 성찰입
니다.
시인의 시는 하나님, 인간, 자연 속에서 살아가면서 느끼는 기
쁨과 슬픔, 사랑과 소망, 기억과 기대 등 시인 영혼의 전시장
입니다.
시인의 시는 자기 신앙을 담은 시편입니다.
누구나 시인처럼 신앙인으로서 이처럼 자기만의 시편을 쓸
수 있다면 그는 우리 시대의 다윗이요, 아삽이요, 고라 자손일
것입니다.

백운선 님의 시는 노년시입니다.
시인이 첫 시를 쓴 것은 75세 때입니다.
배움에 대한 목마름과 열정으로 교양 공부법의 문학 내용 중
시에 대한 강의를 듣고 시인 속에 잠자고 있던 시심이 깨어났
나 봅니다.
시인의 마음속 깊이 묻혀 있었던 시의 씨가 조금씩 뿌리내리

고 싹을 내고, 자라나 이렇게 한 권의 시집으로 열매를 맺었습니다.

시인의 노년은 시와 더불어 소녀의 감성을 되찾고, 중년의 생활고를 반추하면서도 노년의 지혜와 영원의 신비를 엿보게 해 줍니다.

아! 누구나 시인처럼 시와 더불어 살아가는 노년이 이처럼 향기롭고, 아름다울 수 있다면!

추천의 글3
신현우(총신대학교 신학과 교수)

아픈 삶의 순간들이 음미되어
영롱한 아침 이슬처럼 아롱다롱 맺혔다.
많은 글로도 적을 수 없는 긴 이야기들이
녹아들고 스며들어 짤막한 시구로
한 송이 두 송이 눈 속의 매화처럼 피어났다.
겨우내 올린 간곡한 기도가 간절한 시로 압축되어
봄철의 새순처럼 돋아났다.
조물주의 계시에 응답하는 진지한 삶의 노래가
시로 응결되어 한 알 두 알 열매처럼 익었다.

거울을 보며

나는 매일 매일 낯선 나를 맞이하네
하도 낯설어 네가 누구냐 물어보니
내가 너라고 대답하네
그래 네가 나구나 얼굴을 익히려 하면
그는 이미 떠나고 또 낯선 이가 와서
내가 너라고 하네

그래 네가 나구나 하면
이미 그는 내가 아니고
아직 그는 오지 않고
현재라는 이 순간 이 찰나 그가 나인가
인식하려는 순간
이미와 아직 되어 나는 나를 만날 수 없네

나는 주께 물었네
나는 나를 어디서 만나냐고
주께서 말씀하시길 그도 너도 네가 아니니
나는 외모를 보지 않고 중심을 본단다
이제부터 거울에서 너를 찾지 말고
네 중심에서 너를 찾으라 하시네

2018. 5. 21. 74세. 오직 마음에 숨은 사람을 온유하고 안정한 심령의 썩지 아니할 것으로 하라 이는 하나님 앞에 값진 것이니라(벧전 3:4)

시편 23편

1   예수님은 나의 용서와 의가 되시니
      내가 얼굴을 들고 다니나이다

2   그가 나를 은혜와 진리 가운데로 인도하시며

3   내 영혼을 소생시키시고
      주의 이름 안에서 구원의 확신 주시는도다

4   슬플 때나 기쁠 때나 족한 은혜로
      풍성케 하셨나이다

5   주께서 죄를 죄로 갚지 않으시고
      긍휼과 은혜로 덮으셨나이다
      그러므로 이제 주와 함께
      평안과 안식으로 영원히 거하리로다

6   나와 우리의 평생 동안
      감사와 찬양과 영광과 존숭히 여김을
      세세토록 영원부터 영원까지 받으시옵소서
      아멘

통곡으로 이 고백을 찬양드리나이다

2019. 4. 8. 8:10 오전

백금산 목사님이 2019. 4. 7. 주일설교에서

시편 23편을 각자의 언어로 쓰라 하신 말씀 듣고

새 노래 곧 우리 하나님께 올릴 찬송을 내 입에 두셨으니 많은

사람이 보고 두려워하여 여호와를 의지하리로다(시 40:3)

눈물로 대답한다

너무 기쁠 때 눈물이 난다
너무 슬플 때 눈물이 난다

너무 고마울 때 눈물이 난다
너무 아름다운 것을 볼 때도 눈물이 난다

너무 감동되어 말을 잃을 때
나는 눈물로 대답한다

2019. 4. 17. 5:40 오전
백금산 목사님 설교 안에서는 언제나 하나님의 긍휼과 사랑, 존엄하심, 광대하
심, 웅장하심, 위대하심, 엄위하심과 하나님의 영광과 임재, 현현하심 안에서
예배드릴 때 벅차오르는 감동을 억누르며 눈물 흘릴 때 이 글을 짓게 하였다.

극한 아름다움 예수

꽃 중에 꽃은
人
꽃이라 하네

사람 중에
사람도
예수라 하네

극한 아름다움의
하나님의 표현이
꽃이라 하시네

들에도 산에도 바닷속에도
꽃으로 덮으심은

자기 아들 예수가
극한 아름다움이라 하시네

2019. 4. 29. 12:23 오후
하나님의 성품 속에서나 만물 속에서나 설교 말씀 속에서
찬양 속에서 극한 아름다움을 볼 때 표현할 길 없어
합당한 언어로 표현하게 해 달라고 오랜 기도 중에
평공목 마치고 집으로 가는 버스에서 응답받고 짓게 되다.

사망아 너는 스스로 속은 자야

너 아침의 계명성이여
어찌 그리 하늘에서 떨어졌느냐 너 열국을 얻은 자여
어찌 그리 땅에 찍혔는고(사 14:12)

너는 무법자고 독재자고 악당이고 예의도 없는
세상 모든 사람의 원수가 아니더냐
네가 하늘에 올라 하나님과 비기매
하나님의 보좌를 빼앗아 앉으려 했던 네가 아니냐
너의 정체는 혼돈(베레못) 공허(리워야단) 흑암이 아니더냐
네가 좋아하는 것은 죄, 고통, 슬픔, 높은 것, 큰 것, 지옥
먹음직하고 보암직하고
탐스러운 것만 좇아 살던 네가 아니냐

백인태를 데려가던 날 너다웠지
우주적인 큰 슬픔을 주더구나
그렇게도 살려고 몸부림치던 건강하고 건장한 청년
백인태 43세 2019년 4월 17일 저녁 7시에 죽어 20일
데리고 갔다고 내가 이겼다 개가를 불렀겠지
육은 죽어도 영은 죽이지 못하고 죽어도 사는 것을
너는 몰랐지

썩을 것이 썩지 아니할 것으로 욕된 것이 영광스러운 것으로 약
한 것이 강한 것으로 육의 몸이 신령한 몸으로 사나니
(고전 15장)

예수님이 부활의 첫 열매가 되어
우리가 예수님의 영광의 몸의 형체와 같이
변화를 받아 천국에서 영생 복락을 누리며
영광 가운데서 영원히 사는 것을 너는 몰랐지
너는 죽을 몸만 죽인 거야 우리를 도운 거야
너는 속은 거야

네가 우주적인 큰 슬픔과 치 떨리는 분노와
큰 슬픔을 부모 형제 이웃 세상 사람들에게 주었던 것같이
하나님께서 우주적인 진노와 형벌도 네게 주노니
영원히 꺼지지 않는 지옥 불에서 영원토록
슬피 울며 이를 갈음이 있으리라
맨 나중에 멸망 받을 원수는 사망이니라
사망아 너 스스로 속은 자야

내 사랑하는 조카 인태야
이제 편히 쉬어라
세상에 살면서 괴롭고 외롭고 슬펐던 모든 것
하나님께서 기쁨과 안식으로 더하시길
주께 기도드린다
주님 품에서 이제 안식하거라

2019. 4. 20. 장례날. 운선이 고모가.
백금산 목사님 장례식 고전 15:42 말씀 듣고
여호와께서 너를 슬픔과 곤고와 및 너의 수고하는
고역에서 놓으시고 안식을 주시는 날에(사 14:3)

15

어머니

어머니 어머니는 나의 눈물입니다
나는 어머니란 이름 앞에서
그냥 마냥 울고 있습니다
내 가슴속에 큰 아픔 큰 눈물입니다

어머니 냄새는 왕겨 타는
불 냄새입니다
왕겨 타는 메케한 냄새가
고소하고 좋았습니다

하루 종일 남의 집에서
삼베 실에 풀 발라 왕겨 불에
말리는 일을 하고 오시는 날은
토하셨습니다

내가 어느 날
힘이 바닥나 토할 때
어머니가 생각나 울었습니다

어머니의 귀한 사랑
이제야 깨닫습니다
고맙습니다
감사합니다
어머니 사랑합니다

그리운 어머니, 언니 같고 천사 같은 동생

2019. 4. 25. 11:36 오전

어머니가 보고 싶은 날에 운선이가

1988. 5. 19. 77세에 본향으로 가셨습니다.

아버지 92세 엄마보다 2살 아래임.

문제 어른은 있어도 문제 아이는 없다는 민복남 어머니의 잠언.

하나의 생명

눈에 넣어도
아프지 않을
나의 사랑하는 아가야

네가 말을 갓 배워
엄마 아빠 하던 어느 날
엄마 품에 안겨
빤히 보며 하는 말

엄마 눈에 내가 있다

거울을 보니
까만 눈동자 안에
내 얼굴이 있었다
나는 아가를
꼭 껴안았다

네가 내 눈 안에
내가 네 눈 안에
네가 내 영혼 깊은 곳에
내가 네 영혼 깊은 곳에

네 생명
내 생명이 결탁되어
하나의 생명으로
우리 안에 있네

2019. 4. 27. 11시 밤
네가 태어난 날은 나의 소원 성취 날이었어.
내가 세상에 왔다 가며 33세에 낳은 작은아들이 장성하여
40여 년이 지난 그날이 오늘 같은 날 75세 엄마가.

슬픈 국수

옛날 우리 고모 시집가는 날
잔치국수 한 그릇에 웃음도 가득
서로서로 마주 보며 웃으며 먹던 잔치국수

처녀 총각들만 보시면 너는 언제 국수 먹여 줄래
동네 어르신 하시던 말씀 그때 그 국수

생일이면 오래 살라 염원 담아
또 국수 한 그릇
기쁨의 표징이던 그 국수가
내게는 눈물의 국수가 되었네!

월급 타면 준다고 외상으로 사 온 국수
여러 날 먹다 보니 다섯 살배기 철이가
국수 먹기 싫다 투정 부리다
윗목에 쌀통 보고 달려와 안기며
엄마! 나는 국수만 좋아한다

안쓰럽고 대견해 꼭 안아 주었지만
그 후부터 국수 먹을 때 눈물과 함께 먹었네!
이제는 웃고 있네 지금도 웃고 있네

2019. 5. 1. 10:32 오후. 세상을 다녀가며 마음 아팠던 그때 그날이
오늘 같은 날에 지금도 미안한 마음 담아 75살 엄마가.

글 그림

그림을 그리려
산과 들 헤매지만

글 그림은 심연의 바다에
낚시를 드리운다

2019. 5. 5. 5:17 오후 75세

예수님 내 몸 성전 삼으셨네

머리털로

지붕 씌우시고

눈으로

창문 내시고

눈썹으로

커튼 다시고

코로

굴뚝 내시고

귀로

양식 공급하시고

입으로

나팔 삼으시고

이로

맷돌 놓으시고

심장으로

믿음 보일러 놓으시고

피로

연료 삼으시고

내장으로 화장실 내시고

내 영혼 깊은 곳에

안방 정하시고

좌정하셔서

이제 너는 내 손발

되어라 하시네

2019. 5. 2. 6:55 아침에

- 장막- 이동식 광야 여행
- 성전- 고정식 정착 생활

생명의 떡 예수

예수님은
나의 참된 물 참된 밥 되신다고
말 밥그릇에 오셨습니다

예수님은
나의 죄 대신 십자가 형벌 죽음으로
사죄 칭의 새 생명 주셨습니다

예수님은
나의 부활의 첫 열매 되시어
부활 존귀 영광 영생 복락 주셨습니다

2019. 5. 6. 8:20 아침에

백금산 목사님 2019. 5. 5. 주일 설교, 시편 23:2

그가 나를 푸른 초장에 누이시며 말씀 듣고

빵이 우리 몸을 양육하고 자양분을 공급해 생명을 보존하듯이

예수 그리스도의 몸은 우리의 영적 생명의 음식이요

양식이며 보전이라는 사실이다.

그분의 피가 음료로서 우리가 그것으로 영생을 산다는 것.

내 살은 참된 양식이요 내 피는 참된 음료로다(요 6:55)

주 아니시면

주 아니시면 이렇게 하실 순 없네
하늘과 땅과 바닷속에서와
모든 존재의 모양이 똑같은 것은 없네

각각 저마다 왕자요 공주니
모두가 주인공이네

각각 저마다
내가 너만 사랑하노라고

속삭여 주시니
내 마음 우쭐해지네

2019. 5. 6. 8:20 오후
기도원 마당의 자갈이 모두 다른 모양이듯이
모든 존재의 모양이 다름을
때로는 하나님께서 나만 생각하시고
나만 사랑하시는 것 같이 느껴졌음을 노래

빛이 있으라

빛이 있으라
하나님의
구원 의지의 표명
구원 의지의 선포
구원 의지의 포효
이셨습니다

바다와 땅이 갈라지는 지진 천둥번개 같은
하나님의 어두움을 향한 명령이셨습니다
땅이 혼돈하고
공허하며 흑암이 깊음 위에 있을 때에
빛이 있으라는
하나님의 명령에

바다 땅 물 뭍이
나누어지고
혼돈 공허 흑암이
벌벌 떨며 혼비백산
꼬리를 감추는
그런 명령이셨습니다

그 빛은 하나님이 보시기에 좋으신
세상의 어두움을 정복할
찬란한 구원의
참 빛 십자가를 지실

예수 그리스도
이셨습니다

그 빛에 다니는 자
혼돈에서 질서로
공허에서 충만으로
흑암에서 빛으로

죄로 인한 죄책의 고통에서
의와 심판 두려움에서
후회 탄식 낙망 울음 없는
우리의 삶에
문제의 해답이신
구속자 구세주 구원자 주님
참 빛 되시는 말씀으로 오신
그리스도 예수
셨습니다

2019. 5. 6.
하나님이 이르시되 빛이 있으라 하시니 빛이 있었고(창 1:3)
나는 다윗의 뿌리요 자손이니 곧 광명한 새벽 별이라 하시더라(계 22:16)

다 말할 수 없네

다 말할 수 없네 너무 커서
다 말할 수 없네 너무 작아서

다 말할 수 없네 너무 슬퍼서
다 말할 수 없네 너무 부끄러워서

내가 어떤 자라 할지라도
주님은 나를 아십니다

주님 내탕고의 비밀
다 보이는 것 아니죠

2019. 5. 10. 7:20 오후

글을 쓰면서 진실할 수 없는 나를 보았다.

내가 자책할 아무것도 깨닫지 못하나 이로 말미암아 의롭다 함을 얻지 못하노
라 다만 나를 심판하실 이는 주시니라(고전 4:4)

배은망덕

자기 나라 자기 백성
구원하러 오셨건만

유명 강도 살려 주고
구세주는 못 박았네

그 군중 속 가운데에
나도 함께 있었어요

배은망덕 원수들을
어찌 용서하셨나요

배은망덕 원수 된 나
어찌 용서하셨나요

통곡의 눈물로 용서를 빕니다

2019. 5. 10. 6:5 오후

세상에 의인은 죽고 불법이 승하는 세상을 바라보며

기도와 가슴으로 낳은 딸 기쁨이에게

나는 네가 있어 내가 있고
네가 나와 우리 집안의 윤활유가 되었지
나오미와 룻같이
너는 나와 우리 집의 기쁨이고 선물이란다
마치 올리브유와 같은 만병통치약이란다

귀하고 보배로운 나의 기쁨
나의 어여쁜 자야!
일어나 함께 가자
내 사랑
너는 어여쁘고 어여쁘다

오늘 어버이날이라고 전화해서
요전에 건강식품을 사 드렸는데
그것으로 어버이 선물로 하자고 한다
그래서 선물을 가불한 셈이네
사방을 둘러봐도 기쁨이 손 닿지 않은 것이 하나도 없다
온 집안에 기쁨이 향기로 가득하다

2019. 5. 8. 어버이날, 엄마가 75살 때

2019. 7. 7. 주일 백금산 목사님의 설교(행 10:38)에서 올리브기름의 용도 다음과 같다.

- 식용 - 음식의 맛, 풍미, 향

- 미용 - 피부 보습 효과, 먹는 약, 살균 효과, 방충 효과

- 종교적 용도 - 등잔불, 예배에 쓸 기구에 발라 거룩하게 구별하여 성물로 성구로 성막 성전 거룩하게 함

- 왕, 제사장, 선지자를 세울 때도 일반 사람이 아니고 하나님의 사람으로 구별하는 데 쓰였다.

언약궤 약속(언약)

만나 한 오멜 언약궤 속에 넣으라

한 날 양식 한 오멜 한 날 한 날 한평생
먹여 준다 언약하셨네

아론의 싹 난 지팡이 언약궤 속에 넣으라

택함 소명 중생 회심 연합 칭의 양자 성화
견인 확신 영화까지 인도 언약하셨네

십계명 돌판 언약궤 속에 넣으라

계명 마침 예수 믿으면 영생 믿지 않으면 영벌
거주 한계 정하시고 사랑으로 보호 언약하셨네

2019. 5. 10. 4:26 오후
• 언약궤: 긍휼의 보자기에 싸서 하나님의 심장 안에 품으셨다는 뜻
우리의 죄악 하나님 거역하고 하나님 경멸한 죄,
그 대가로 불비를 내려 죽어 마땅한 죄악에서
내가 너를 안을 것이요 품을 것이요 구하여 내리라 하시는
결연한 하나님의 의지 표명이셨다.
출애굽 광야 40년 언약궤를 다루시는 하나님 아버지의
극진한 사랑을 느끼고, 인도해주신다고 약속해주시는 말씀에서
나의 평생을 의탁하며 살 수 있었다.

일몰

석양의 아름다운 빛 보고서야
아침과 정오의 아름다움 빛 계셨음을
이제야 깨닫습니다

갈 시간 되었다는 기별 듣고서야
무지하고 몽매하여 성전을 헐고 훼손한 죄
얼마나 크고 부끄러운 일인지
이제야 깨닫습니다

세상에 빛 되고 소금 되어
잡힐 양 떼 먹이라 하셨건만
생의 일몰 앞에서야
이제야 세월 허송 깨닫습니다

나 이제 주를 따라 살리다
하루하루를
수많은 세월 허송한 죄 통곡으로 용서를 빕니다

2019. 5. 15. 3:20 오후 75살

생명의 성령의 법이

우리가 아직 연약할 때에
우리가 아직 죄인 되었을 때에
우리가 아직 원수 되었을 때에

우리를 구원하시되
우리의 행한 바 의로운
행위를 말미암지 않으시고

자기를 바라는 모든 자에게
구원의 근원이 되시고
우리의 씻음과 거룩함과 구속함이 되셨으니

이제는 결코 정죄함이 없네
생명의 성령의 법이 죄와 사망의 법에서
우리를 구원하셨네

2019. 5. 17. 7:25 오후

주 예수 그리스도의 이름과 우리 하나님의 성령 안에서 씻음과 거룩함과 의롭
다 하심을 받았느니라(고전 6:11)

주와 나는 하나

내가 너고
네가 나다

나는 너고
너는 나다

너와 나는 하나니라

2019. 5. 25. 11:25 오전
동등이 아니요, 주께 속함으로 울컥 눈물이 쏟아졌다.
그날에는 내가 아버지 안에 너희가 내 안에 내가 너희 안에
있는 것을 너희가 알리라(요 14:20)

내 소원 공부 꿈 이루어지다

교양 공부법 학문이란 무엇인가? 인문학 강좌

인문학과: 철학, 역사, 문학

사회과학: 정치, 경제, 사회

자연과학: 물리, 화학, 생물

이에 파생된 학문 과목이 무려 2,896학과로 나뉘어 있다.

이 세상에 존재하는 학과나 학문이란 학문은 다 구경했다.

하나님 아버지의 놀라우신 섭리에 더 놀랐다.

내가 어려서부터 공부하는 것이 소원이고 기도 제목이고

부러움이었는데 잊지 않으시고 내 소원을

들어주셨기 때문이다.

나는 하늘에 올라 땅을 내려다보는 느낌

하늘과 땅이 다 뚫리는 느낌

다 가진 느낌 다 아는 느낌이다.

사모하는 영혼을 만족케 하시는

신실하신 하나님 아버지께 손뼉 쳤다.

내 소원 이루어 주신 하나님 아버지께 감사드린다.

하늘과 땅 사이에 만유가 얼마나 다양하고 다양한 종류와

크고 작은 차이에 극소(小)와 극대(大)에

보이는 것과 보이지 않는 것

사용하지 못하는 것과 사용하는 것

그러나 사용하지 못하는 것이 더 많다는 사실

아는 것과 모르는 것에 모르는 것이 더 많다는 사실

이 장엄하고 웅장하고 섬세하고 세밀하신

그 광대함 그 놀라움 신비와 경이를 다 그대로
합당하게 하나님께서 하신 솜씨를 표현할 단어가 없다.
배우면 배울수록 창조주 하나님의 위대하심에 압도당해
주님의 높고 위대하심을 내 영혼이 찬양한다.
그저 놀랍고 놀라움이었다.
감탄, 경탄, 찬탄 올려드린다.

백금산 목사님은 학문의 아버지였습니다.
우리 목사님이야말로 목회자요 설교자요 신학자요
주석가요 신학교수요 교육가요 인문학자요
모태에서부터 주의 교양과 훈계로 교육해 하나님께 바친
나실인이요 하나님의 사람입니다.

하늘에 계신 아버지여 백금산 목사님을 통해
나의 소원 공부 꿈 이루게 하여 주심을 감사드립니다.
우리 백금산 목사님과 김은주 사모님 영육 간에 건강과
말씀과 성령 충만 주시고 칭찬과 대우, 가치, 존귀, 영광
상금으로 면류관으로 보답해 주시길
예수님의 이름으로 기도드리옵나이다.
아멘.

2019. 3. 11-5. 27(평생 아카데미) 봄학기 강좌 백금산 목사
학문 구경만 해도 가슴 벅찬 행복입니다.
이 일을 누가 행하였느냐 누가 이루었느냐 누가 처음부터 만대를 불러내었으
냐 나 여호와라 처음에도 나요 나중 있을 자에게도 내가 곧 그니라(사 41:4)

내 생애 최고의 날

나 헵시바는 날마다 날마다
내 생의 최고의 날을 산다
오늘이 어제보다 좋다
또
오늘이 어제보다 좋다

날마다 날마다 날마다
오늘이 어제보다 좋다

오늘이 어제보다 먹을 것도 많다
오늘이 어제보다 입을 것도 많다
오늘이 어제보다 배운 것도 많다

분에 넘치는 가족들의
극진한 환대 받으며 산다
꿈만 같다
꿈 같은 나날이다

이것이 다 남편 브살렐 덕분이다
요셉이 기쁨이 여디디야 덕분인데
이 선물이 다 남편으로 인함을 깨달았다
그때부터 남편에게 고마움이 생겼다

그때부터 주님의 은혜로운 평강이 흘러넘쳐

오늘도 오늘도 오늘도

내 생애 최고의 날을 산다

2019. 5. 29. 3:28 오후

'그때부터' 반복 넣은 것도 남편을 원망하는 마음이 있었는데 남편을 사랑스럽게 생각할 때 주님의 은혜가 내려옵니다.

* 브살렐: 남편

* 헵시바: 저자

* 요셉: 큰아들

* 여디디야: 작은아들

* 기쁨이: 큰며느리

무언

어머니는 말없이 말씀하셨습니다
지붕도 비바람 막아 줄 벽도 없는 집에
아이들만 엄마를 쳐다보며 재잘거립니다
고달픈 삶을 나눌 사람 있나 살펴봅니다

오늘 밤 아이들한테 너무 어려서
친구들한테 자존심 상해서
내 머리카락 사 준 참빗 장사 우리 집에 잠자러 온댔지
아니야 그렇게 가벼운 말은 아니야 여러모로 생각하다
차라리 말하지 말자 했나 봅니다

아니면 부모님 신랑 백낙원 12살 신부 민복남 14살
시집보내며 사랑 다 해 울면서 모질고 혹독한 당부
눈감고 봉사로 3년 귀머거리 3년 벙어리 3년 살다 보면
시집살이 끝난다 속상하다 편지할까 무학으로 시집 보내며
꾹꾹 참고 살아 그 집 귀신 되어야 한다 당부 말씀 생각나
차라리 말하지 말자 했나 봅니다

우리를 키우실 때도 하라 하지 말라 한다 안 한다
묵묵히 당신 일만 하셨습니다
임종 마지막 아픔에도 머리가 아파
신경 줄이 끊어지는 듯 몸서리치며 부르르 떠는 고통에도
아프다 말 한마디 않고 입을 굳게 닫고
유언 한마디 남기지 않고 무언으로 솔선수범하여

남을 감동케 하는 교훈을 남기시고
고생과 슬픔, 고통 참고 견디다 며느리와 아들딸들,
손자들 극진한 환대 속에 이 세상 삶의 책임을 완수하시고
1988년 5월 19일 주님 부름을 받고 낙원으로 가셨습니다

어머니가 가셨던 그때 그 자리에 도착해서야
할 말이 너무 많아 아무 말 못 하신 그 말씀이
무슨 뜻인지 알 것 같아 내 두 뺨에
눈물이 주르르 흘러내립니다
주께서 내가 네 남편이니라 하신 말씀을
왜 하셨는지 알 것만 같아 내 두 뺨에
눈물이 주르르 흘러내립니다
당신이 그시오니까 내가 그로다
어머니가 환하게 웃으시는 그 모습
어서 가서 뵙고 싶습니다

2019. 6. 3.

고무나무 이야기

우리 집 베란다 고무나무 한 그루 여디디야에게 선물 받았다
가져온 지 3~4년 키 10cm 화분인데 34cm에 담겨 와
지금 키 74cm 자기 몸 잘린 산고 후 세 줄기로 돋아나
저와 꼭 같은 것 기쁨이에게 분가시키고

햇빛 물 공기 바람 골고루 혜택 주려 이리저리
돌려놓으며 밖으로 갔다 안으로 들여놓았다
겨울이면 얼까 봐 비닐 커튼 덧씌워
하루하루 벗겼다 씌웠다 애지중지 정성 다해

갓 태어난 아기 배냇저고리 해 입히듯
새싹마다 추울까 다칠까 해 입을까
옷 입혀 보호하다 새 잎사귀 크기 완성되면
잎사귀 모양 한 껍질이 말라 저절로 떨어져
스스로 옷 벗고 나오네

동백기름 머리에 발라 윤기 자르르 흐르고
얼굴에 분 발라 연지곤지 찍고
새색시 나 봐요 방긋 웃으며 나오듯
사랑스러운 새 잎사귀 방긋 웃으며 나오네

말없이 온몸으로 하나님의 그 솜씨 그 오묘 그 신비
자랑하며 웃고 있네
감탄 경탄 그 은혜 그 사랑이
너도 이렇게 키웠노라 하셨습니다

2019. 6. 5. 7:10 오후
고무나무와 아들과 이야기하듯 대화를 나누다가.

갈 시간 되었다는 기별이 오다

흰 머리카락
날로 늘어 가고

눈은
날로 어두워지고

귀는
날로 귀머거리 되어 가고

이는
날로 하나둘 빠져 가고

무릎은
날로 아파 오고

걸음은
날로 걷기 힘들어지고

드디어 마침내
갈 시간 되었다는 기별이 왔구나

2019. 6. 11. 6:31 오후

예수님은 우리의 보석

홍보석 황옥 녹주옥
석류석 남보석 홍마노
호박 백마노 자수정
녹보석 호마노 백옥

예수님은 우리의 보석
우리는 예수님 보석이라시네

2019. 6. 15. 4:00 새벽
새벽 3시에 '주 예수님보다 더 귀한 것은 없네' 찬송 부르다가.

나는 모든 생명에 빚진 자입니다

나는 모든 생명에 빚진 자입니다
하늘과 땅에 있는 것들에
영계와 물질계에 있는 것들에
보이지 않는 것들과 보이는 것들에
생명들이여 날 구원하신 예수님께 와

먹은 모든 것들에 먹을 모든 것들에
사용한 모든 것들에 사용할 모든 것들에
누린 바 된 모든 것들에 누릴 모든 것들에

살아 숨 쉬는 생명들을
지금까지 먹었고 먹을 것입니다
이 생명들 앞에서 두렵고 떨렸고 떨립니다

나는 이 생명들에 빚진 자입니다
모든 생명이여 고맙고 고맙고 고맙습니다

모든 생명의 하나님 아버지께서
날마다 날마다 날마다
살아 숨 쉬는 생명들을 먹여 주심은 유일하신 독생자
사랑하시는 자기 아들 예수님 생명
꼭 잊지 말라 당부하시네

2019. 6. 15. 6:25 오후

식사기도 할 때마다 먹은 것을 허무한 데 쓰지 말고

구원 이루는 데 써달라고 기도드립니다

모든 피조물이 구원을 고대하다(롬 8:19-23)

탄식의 합동 기도

인자의 온 것은 잃어버린 자를 찾아 구원하려 함이니라.

1. 예수님의 기도

    이는 그리스도 예수시니

    그는 하나님의 우편에 계신 자요

    우리를 위하여 간구하시는 자시니라(롬 8:34)

2. 성령님의 기도

    성령님도 우리 연약함을 도우시나니

    우리가 마땅히 빌 바를 알지 못하나

    오직 성령이 말할 수 없는 탄식으로

    우리를 위하여 친히 간구하시느니라

    마음을 감찰하시는 이가 성령의 생각을 아시나니

    이는 성령이 하나님의 뜻대로 성도를 위하여

    간구하심이라(롬 8:26-27)

3. 피조물의 기도

    피조물이 다 이제까지 함께 탄식하며

    함께 고통하는 것을 우리가 아나니(롬 8:22)

4. 선진들의 기도

    곧 성령의 처음 익은 열매를 받은 우리까지도

    속으로 탄식하며 양자 될 것 곧 우리 몸의 구속을

    기다리느니라(롬 8:23)

5. 부모 형제들의 기도

　우리가 알거니와 하나님을 사랑하는 자

　곧 그의 뜻대로 부르심을 입은 자들에게는

　모든 것이 합력하여 선을 이루느니라(롬 8:28)

기도가 밤낮없이 계속되고 있는 사실에

가슴 찌르는 감동이었습니다.

이 탄식의 기도가 변하여 춤이 될 줄 믿습니다.

2019. 6. 18. 1:51 오후

그러나 내가 너를 위하여 네 믿음이 떨어지지 않기를 기도하였노니 너는 돌이

킨 후에 네 형제를 굳게 하라(눅 22:32)

상호 간에 서로 하나님께 부탁하게 하지만(딤전 2:1)

그런데도 우리는 이 중보기도가 언제나 예수 그리스도와

유일한 중보에 의존적인 방식이길 요구한다(《기독교강요》 607쪽)

예수 예수(예수 이름 부를 때에)

예수 예수 예수 이름 부를 때에
내 삶에 근심 걱정 사라지네

예수 예수 예수 이름 부를 때에
악몽에서 승리하네

예수 예수 예수 이름 부를 때에
하늘 소망 넘쳐나네

예수 예수 예수 이름 부를 때에
귀신 마귀 사탄 떠나가네

예수 예수 예수 이름 부를 때에
너와 네 집 구원받네

2019. 6. 23. 10:48 오전

꿈속에서 뱀이 나를 향해 돌진하는데 예수 예수 이름 부르며 십자가를 그어
대니 냄비로 들어가 죽는 꿈을 꾸고 그날 아침에 쓰게 되었습니다.

어린 양의 혼인 잔치

잔치잔치 열렸네 혼인잔치 열렸네
예수님은 신랑되고 예수가족 신부됐네

잔치잔치 열렸네 말씀잔치 열렸네
성령님과 말씀으로 진수성찬 먹이셨네

잔치잔치 열렸네 세례성찬 열렸네
포도주와 떡으로 예수님과 죽고사네

잔치잔치 열렸네 어린양의 혼인잔치
성도들의 옳은 행실 세마포로 옷 입혔네

잔치잔치 열렸네 영원토록 혼인잔치
할렐루야 할렐루야 하나님께 영광 돌려

2019. 6. 30. 주일
잔치 같은 주일날에

진노의 잔

내 아버지여 만일 내가 마시지 않고는
이 잔이 내게서 지나갈 수 없거든
아버지의 원대로 되기를 원하나이다
동일한 기도를 세 번 하셨다
땀방울이 피가 되어 뚝뚝 떨어져 온 땅을 적실 때
비로소 나 같은 죄인을 머리에서 발끝까지
온몸을 피로 목욕시키시는 대속의 기도를 드리셨습니다

예수님 내 죄를 용서하옵소서
통곡의 눈물로 용서를 빕니다
내 죄가 이토록 높고 깊고 넓은 것을 봅니다

저는 주님을 잘 모르오나 내 죄를 보아
주께서 얼마나 크고 높고 깊고 넓은 사랑인지를
짐작하여 볼 뿐입니다

주님 마음이 심히 아프고 고민하여 괴로우셨던 것처럼
저 또한 마음이 심히 아프고 가슴이 미어지는
고마움의 눈물입니다
주님 감사합니다

나 대신 진노의 잔을 찌꺼기 하나도
바닥에 남기지 아니하시고 다 마셔주심은
그 하나님의 진노가, 그 저주가, 그 죽음이,

그 지옥 유황불의 고통을 남기지 않고 대신 마셔
영원토록 이 잔 가득했던 죄가 다시는
우리를 괴롭히지 못하도록 하셨습니다

이 얼마나 높고 깊고 넓고 긴 우리를 사랑하시되
끝까지 사랑하신 사랑과 은혜인지요
놀랍고 놀라운 이 큰 사랑, 이 큰 은혜
무엇으로도 보답할꼬 다윗같이 피의 고백을 드립니다

이 진노의 잔을 이 저주의 잔을 이 죽음의 잔을
이 지옥의 잔불과 유황의 타는 영원한 진노의 잔을
새 언약의 잔으로 구속의 잔 구원의 잔 축복의 잔
기쁨의 잔으로 바꾸어 주셨습니다

예수 십자가에 대신 죽으심으로
오 주여 내 잔이 넘치나이다
그러므로 이제 우리는
우리의 몸의 잔에
우리의 마음의 잔에
우리의 삶의 잔에
주님 대속의 사죄와 칭의 새 생명 담아
그날에 주님과 함께 축배의 잔을 들 것입니다
할렐루야 아멘

2019. 7. 14. 백금산 목사님 말씀

2019년 7월 14일 '내 잔이 넘치나이다' 말씀 듣고 몸과 마음이 얼어붙어 몇 주간 앞으로도 뒤로도 나가지 못함을 체험하고 글을 쓰며 감사 표현하려고 시도를 여러 번 했으나, 쓰다 말고 쓰다 말고 결국 주님의 진노 잔을 피해 도망 다니는 나 자신을 보았습니다.

그 진노의 잔 앞에 서기를 싫어하고 있었습니다.

몇 주간이 지난 오늘에야 주님이 내 죄를 대신 내가 마실 하나님의 진노의 잔, 저주의 잔, 죽음의 잔, 지옥 영원히 꺼지지 않은 유황불의 잔 앞에서 사죄의 고마운 마음을 올려 드립니다.

분초마다 순종을 다시는 하나님의 공의

오늘 또 요셉이한테 전화 왔다.
자고 일어나자마자 밥 먹지 말고 꼭 운동하고 와서
10시 넘어서 먹되 아침은 굶는 것이 더 좋다고 한다.
기쁨이는 한술 더 떠 버스 타지 말고 전철 타고 다니란다.
그 말도 걸어야 건강에 좋다고 말이다.
여디디야는 운동법을 가르쳐 주고 간다.
전화 올 때면 밥값을 하란다.
그 말도 역시 운동하란 말이다.

이렇게 아우성을 쳐도 오랫동안 꼼짝도 안 하다가
후회란 놈을 만날까 덜커덩 겁이 났다.
때를 놓친 자에게 찾아오는 후회는 선물을 가져오는데
'껄껄껄'이다.
그리할걸 저리할걸 이리할걸 그러지 말걸이다.
때는 이미 과거로 가버렸으니 붙잡고 하소연할 데도 없다.
그 껄껄을 만날까 봐 벌떡 일어나 공원으로 가면서

나는 분초마다 순종을 다시는 하나님의 공의를 생각했다.
걷는 것을 하루도 쉬지 않고 걷고 운동한 친구가 달랐다.
비단 운동뿐이겠는가
기도와 말씀, 생활을 쉬지 않고 했는지 안 했는지를
금방 아시고 공개적으로 모든 청중을 향해 공포하신다.
우리의 언. 행. 심. 사에 선. 악. 간에 보응하신다.

불순종자에게 원수의 목전에서 공개적으로
수치와 수욕으로 숯불에 인두를 달구어 얼굴을 지지듯
부끄러움으로 얼굴이 달아오른다.
화끈화끈 뜨겁게 지지나 타는 냄새도 없이
털끝 하나 타지 않게 태우신다.
순종하는 자에게는 칭찬으로 자랑으로 인정으로 대우로
가치로 존귀로 영광으로 상급으로 면류관으로 보답하신다.

최후 심판은 차후 문제이고 여기 이곳 현세에서
내가 서 있는 곳 이 자리에서 이렇게 심판하신다.

망대에 보초병을 세우지 아니하셔도
하나님의 일곱 개의 눈과 불꽃 같은 눈으로
하늘 높은 곳과 바다 깊은 곳까지 사방을 다 보시고
남으시는 눈으로 우리를 감찰하시고 감시하신다.
죄를 짓고 바다 깊은 곳에 숨어도 뱀을 보내 찾아내시고
별과 별 사이에 숨어도 찾아내시고 꿈속까지 찾아오셔서
항복을 받아내시는 철저하고도 집요하신 하나님은
졸지도 주무시지도 않으며 무릎을 꿇리고 복종하게 하신다.

항복하고 회개하고 돌아온 자에게는 시기, 질투, 욕심
심지어 죄까지도 순종의 거름으로 사용하셔서
뺏고 깎고 다듬어 흠도 티도 주름 잡힘도 없이
온전하고 구비하여 조금도 부족함 없는 거룩하고 흠이 없는
주님의 신부로 단장시켜 가신다.

피도 눈물도 인정도 사정도 없다고 생각했건만

분초마다 순종을 다시는 하나님의 공의도 은혜였습니다.

공의는 하나님의 불타는 불꽃 사랑이셨습니다.

하나님 아버지 긍휼이셨습니다.

하나님 아버지의 이 지극한 사랑에

그만 울고 말았습니다.

아버지 사랑합니다 주님 사랑합니다 성령님 사랑합니다!

우리의 삶을 힘을 다해 마음을 다해 뜻을 다해

살아내야 할 이유가 되신

은혜와 긍휼과 자비의 성삼위 하나님께

감사와 찬양과 존숭히 여김과 영광을 올려드립니다.

2019. 7. 12. 3:22 오후

내가 하늘에 올라갈지라도 거기 계시며 스올에 내 자리를 펼지라도 거기 계시니이다(시 139:8)

일곱 눈이 있으니 이 눈들은 온 땅에 보내심을 받은 하나님의 일곱 영이더라
(계 5:6)

하나님의 공의 앞에서는 억울할 것이 없다

운선 잠언

자기 이름을 위하여

자기 이름을 위하여 의에 길로 인도하심이니라
하나님께서 자기 이름을 위하여 일하심은
우리 구원의 확실한 확신이며
　　　　　보장이며
　　　　　보증이며
　　　　　완전입니다

하나님의 섭리 천하 만물을 관리 보존 운영하심도
자기 이름과 자기 영광을 위하심입니다
출애굽에서 우리를 구원하심도
자기 이름과 영광을 위함이요
바벨론에서의 포로도 귀환도
예수님을 구세주로 이 땅에 보내심도
자기 이름과 영광을 위함이십니다

하나님의 이름과 영광은 하나님의 존재입니다
하나님의 이름과 영광은 하나님의 사역입니다
하나님의 이름과 영광은 하나님의 사랑입니다

하나님의 이름과 영광을 위한 삶은
우리의 목적이며 이유이며 의미입니다

하나님의 이름과 영광을 위한 삶은
우리의 뼈대요 중심이요 제일의 으뜸입니다

하나님의 이름과 영광을 위한 삶은
우리의 시작이요 과정이요 마침입니다

먹든지 마시든지 무엇을 하든지
오직 하나님의 이름과 영광을 위하여 삽니다

하늘에 계신 우리 아버지여
이름이 거룩히 여김을 받으시옵소서
아멘

2019. 7. 6.

하나님께서 거룩하시니 우리도 거룩해야 영광이 된다.

시 23:3 백금산 목사님 설교 말씀 듣고 하나님의 명예와 영예와 대우, 가치,
존귀, 영광 면에서 우리와 함께 공동으로 누리게 된다.

보배로운 예수 그리스도

보배로운 약속 따라
무엇이든지 기도하고 구하는 것은
받은 줄로 믿으라 하신 그 약속 믿고
깊은 단잠 편안히 잤네

보배로운 피
오직 흠 없고 점 없는 어린양 같은
예수 그리스도의 피로
허물과 죄로 죽었던 내 영혼 구원하셨네

보배로운 산 돌이신 예수께 나아와
너희도 산 돌같이 신령한 집으로 세워지고
그리스도로 말미암아 하나님께서 기뻐 받으실
신령한 제사 드릴 제사장으로 살라시네

보배로운 믿음을 우리에게 주사
썩어짐에 종노릇 함에서 해방시켜
신구약 성경의 모든 약속 믿으며
새 하늘과 새 땅 바라보며
오실 주님 고대하며 신의 성품 향해 나아가네

2019. 8. 7.

삼위일체 찬란한 빛 영원토록 빛이 되네

유리 바다 건너에는
해달 별빛 쓸데없고

예수님의 빛난 얼굴
영원토록 빛이 되네

삼위일체 찬란한 빛
영원토록 빛이 되네

하늘나라 보좌 영광
영원토록 빛이 되네

영원토록 빛이 되네
영원토록 빛이 되네

2019. 11. 10. 새벽 3시

그 성은 해나 달의 비침이 쓸 데 없으니 이는 하나님의 영광이 비치고 어린 양
이 그 등불이 되심이라(계 21:23)

여호와께서 나의 빛이 되실 것이라(미 7:8)

- 회개- 나 행한 것 죄뿐이라
- 죽음- 요단강
- 천국- 삼위일체 하나님의 영원한 우리의 빛

나의 삶 전부가 은혜입니다

은혜 아니면
나 숨 쉴 수 없네
나의 삶 전부가 은혜입니다

아침에도 은혜
점심에도 은혜
잠잘 때도 은혜

젊을 때도 은혜
늙을 때도 은혜
은혜 은혜 은혜입니다

건강할 때도 은혜
아플 때도 은혜
은혜 은혜 은혜입니다

사는 것도 은혜
죽는 것도 은혜
모두가 은혜 은혜입니다

늙은 애기 찬양입니다

2019. 9. 24.

주일날 갑자기 어지러워 교회 가지 못하고 이석증으로 한 달 넘게 치료받았
는데, 24일 하나님의 은혜 아니면 숨 쉴 수 없구나 하여 주님께 찬양이 절로
나와 아픈 중에 춤을 추며 치유받게 되었다.

나 행한 것 죄뿐이라

주 예수여 어서 오시옵소서

나 행한 것 죄뿐이라
더럽고도 추한 이 몸

예수 피로 목욕시켜
맑고 빛난 세마포 옷
갈아입혀 주시었네

썩을 이 몸 약한 이 몸
욕된 이 몸 육의 몸을
부끄러운 죄와 함께
요단강에 수장하고

썩지 않을 몸 영광스러운 몸
강하고 신령한 몸

예수님의 몸의 영광의
형체와 같이 변케
하여 주시었-네

주 예수여 어서 오시옵소서
주 예수여 어서 오시옵소서
주 예수여 어서 오시옵소서

나 오늘도 기도드리네
예수님의 이름으로 기도드리나이다
아멘

2019. 11. 10.
새벽 3시부터 주일 아침 8시 30분까지
찬양으로 계속 부르게 됨.

마른 길 내어 건너게 하실 줄

내 눈앞에 요단바다
사납게도 파도치고
무섭게도 출렁대나

마른 길 내어 건너게 하실 줄
마른 길 내어 건너게 하실 줄

나 알고 있네 나 믿고 있네
나 알고 있네 나 믿고 있네
나 두렵잖네 나 두렵잖네
나 두렵잖네 나 두렵잖네
나 무섭지 않―네

나 주 뵈옵겠네 나 주 뵈옵겠네
나 주 뵈옵겠―네

주님 죄송합니다
주님 고맙습니다
주님 감사합니다

영원토록 영원토록
영원토―오―록

주님 사랑합니다

2019. 11. 10. 밤 3시부터 아침 8시 30분

꿈속에서 주님을 만나 뵙고 첫마디가 '주님 죄송합니다, 주님 고맙습니다, 주님 감사합니다' 하고 있었다.

하나님의 섭리로서

더럽고도 추한 죄를
용서하여 덮으시고

하나님의 섭리로서
뻿고 깎고 다듬어서

점도 티도 주름 없는
온전하고 구비하여

거룩하고 흠이 없고
책망할 것 없는 자로

예수님의 신부로서
단장하여 주시었네

할렐루야 아멘
할렐루야 아-아-멘

2019. 11. 27. 75살

하나님의 인내와 긍휼로서 허물과 죄로 죽었던 나를

유황불 못에서 건져내시고 우리 주 예수그리스도 안에서

씻음과 거룩함과 의로움과 구속함되시고

졸지도 주무시지도 않으시고 끊임없이 설득하시고 깨우치시고

불에도 던지셨다 물에도 던지셨다.

불기둥으로 구름기둥으로 인도하심을 노래

성화는 내가 순종하여 이루는 것이 아니라 오직 은혜로, 오직 긍휼로, 오직 덮
으심으로 성화 완성을 노래한 것이다.

바보 같은 위대한 교환

주홍 같고 진홍 같은 네 죄는 내 것이라
너는 죄를 모르는 의인이라

주님의 전 존재의 모든 것이 네 것이라 하시고
허물과 죄로 죽은 나를 주님의 것이라 하시니

이 바보 같은 위대한 교환
무엇으로 보답할꼬

아무리 생각하고 또 생각하고 생각해도
아무리 연구하고 또 연구하고 연구해도

갚을 수 없는 은혜입니다
말할 수밖에 없습니다

갚을 수 없는 은혜입니다
말할 수밖에 없습니다

2019. 12. 10. 통곡의 눈물로 이 노래를 바친다.
우리 주 예수 그리스도께서 나를, 우리를 위하여 자기를 드리신 목록을 하늘을
두루마리 삼고 바다를 먹물 삼아도 다 기록할 수 없어 쓰다 포기하고 말았다.
주일 밤 9시부터 12시까지 은혜에 사로잡혀 눈물이 비 오듯 쏟아지며 잠을
이루지 못해 결국 약을 먹고 잤다.

성탄절 삼행시

성: 성자 예수 그리스도 하나님의 아들이 우리의 구세주로

탄: 탄생하신

절: 절대자 예수 그리스도 오직 예수만이 우리의 구원자 되십니다.

2019. 12. 25. 성탄절에

기도와 간구로 네 먹을 것을 사라

살아있다는 것 산다는 것이
오늘따라 큰 죄로 느껴진다
너무나도 오랫동안
아들들의 신세를 지고 살다 보니
잘해주면 잘해줄수록
미안하고 죄스러운 맘 어쩔 수 없었다

이것이 평생 실패한 자에 대한
형벌이라 생각하고 살고 있는데
오늘 OECD 국가 소위 잘산다는 선진국 중에
대한민국이 노인자살률 1위
그중 자녀가 있는 노인 수가
더 많다는 말이 이해가 갔다
그러나 죽을 권리는 부여받지 못했다

세상에서 가장 슬픈 것은
세상에서 가장 사랑하는 자의
짐이 되고 적이 되고 원수가 된 것이다
죄책감에 슬펐다

주님 부름 받기 위한 소원 기도를 드리며 사는 중에

기도의 특권 축복권 네게 주었으니
기도로 너 먹을 것을 사라는 생각을 주셨다

기도는 내가 살아갈 변명이며
이유이고
자격이고
자유였다

2020. 3. 7. 여디디야 생일날에 엄마가

더덕잎 말 없는 증거

눈코귀입 없어도 봄 왔다는 소리 듣고
어느새 어느 틈에 왔는지 보들보들
사랑스러운 애기 얼굴 빵긋 웃으며 맞이하네

겨울날의 혹독한 추위
봄 올 것 믿으며 바라며
참으며 견디었다네

주 빛 향해
순전한 맘 오로지 하여
위로만 오른다네

창조주의 그 오묘 그 신비 그 능력
온몸으로 두 팔 위로 들고
찬양하며 증거하네

언어도 없고 들리는 소리도 없지만
그 소리 내 맘 통하고
세계 끝까지 이르네

2021. 4. 4. 1:30 오후

기쁨이가 4년 전에 친정아버지께 받아온 더덕 중

제일 작은 한 뿌리 심은 그것이 봄이 되면 어김없이 찾아와

친구 되어 기쁨과 당근으로 채찍질도 하네

오로지 하여 주만 바라며 증거하라고

이름 모를 귀한 들꽃 손님

아- 아 생명의 위대함이여!
아- 아 모든 존재의 생명의 아버지시여!
아- 아 우주 만물을 관리, 보존, 운영하심이여!

주 아니시면 주 명령 아니시면
어찌 이럴 수가 어찌 이런 곳에서
생명이 살 수 있겠는지요

이- 이 수많은 아파트 6층
유일한 우리 집 베란다 창살 밖
틈새에 찾아온 이름 모를 귀한 들꽃 손님

오동통한 단발머리 귀여운 얼굴 방긋
신실하신 하나님께 뿌리 깊이 내리고
아침이슬 양식 삼고 하늘로 이불 덮고
하트모양 이파리로 사랑으로 옷 입고

따가운 폭염 한여름 소나기 광풍으로
온몸을 두들겨 맞을 때도
바람 따라 춤추며 미소 짓네요

연보라색 꽃송이 송이송이 열 지어
조르르 서서 합창단 만들어
아름다운 하모니로 사랑 노래 부르며

한줄기 꽃피우면 또 한줄기 꽃피우고
또 한줄기 꽃 피우길 여름 내내
꽃 피워 기쁨 주다

늦가을 찬 서리에 하트모양 이파리
하나둘 떨어져 마지막 잎새까지
다 떨어지고 뼈만 남은 앙상한 몸으로

저의 일생 다 바쳐 시기 질투 원망 불평
남 탓 말고 환난 고통 참으며 오래 참고
견디어 자족하며 살라 당부하네

- 인생이 다 그런 거라고 -

아- 아 하나님의 위대한
능력이시여!

2021. 5. 10. 11:30 오전
어느 날 이름 모를 들꽃이 베란다 창살 밖 틈새에서 자라더니 여름 내내 꽃을
피워 이웃집의 화제가 되었다.
1호 집 하경 엄마는 흥부네 제비 복 바가지처럼 우리 집에도 길한 행운을 가
져올 것이라 덩달아 기뻐했다.

세상에서 가장 큰 슬픔은

세상에서 가장 사랑하는 자와 적이 된 것

짐이 된 것

원수 된 것

세상에서 가장 큰 기쁨

예수 그리스도 믿고 죄 사함 받고 구원받은 것

아버지는 이미 파란 하늘이셨습니다

여유롭고 한가한 오후 산책길
길가에 놓여있는 벤치에 앉아
버릇처럼 하늘을 쳐다보았다
파란 하늘엔 하얀 목화꽃 송이송이 피어나
몽실몽실 하얀 구름 만들어 내고
파란 하늘은 구름을 품에 안고 위로하듯
청명하고 청아한 파아란 하늘
순백의 하얀 구름 아름다운 조화
그 위로 경탄 경이 그 자체였다

흰 구름에 신선(흰白 구름雲 신선仙)
그때 아버지 맘 내 맘 마주쳤다
주체할 수 없는 눈물이 뺨을 타고 흘러내렸다
아버지! 아버지는 내 이름을 지어주신 단 한 가지
그것만으로도 이미 파란 하늘이셨습니다
라고 나는 말했다

파란 하늘에 흰 구름이 떠 있는 날이면
나는 어김없이 아버지를 생각했다
우리 아버지가 파란 하늘 같았으면
얼마나 좋을까 하고
그러나 아버지는 언제나 회색 잿빛이셨다
아버지도 아니고 아버지 아닌 것도 아니고
아버지라 생각하면 화가 났고

아버지 아니다 생각하면 화가 날 일 없는데
화가 나는 것 보면 아버지는 아버지시고
그래서 어정쩡한 회색 아버지 같아 싫었다

아버지는 12살 어머니는 14살 결혼해
제사 지내달라고 3살 때 양자 삼은 아들
양부모 처자식 팽개치고 딴 살림 차려
남편 없는 시집살이 시어머니 요실금 병에 걸려
밤낮없이 적셔대는 빨랫감
날이면 날마다 한 버거지
도랑물 얼음 깨서 시려오는 손가락 입김으로 녹이며
밤이면 솜바지 저고리 따뜻이 옷 해 입히시고
아궁이 숯불에 장단지밥 해 들리며
시누이들 친정 와서 1년 2년 있다 가도
갈 때마다 바리바리 선물 지게 지워 보내고
양부모님 공손히 모셔 효부란 이름 덕에
고모들 감동

예수 믿고 제사 못 지낸다고 하니
부모님 살았을 때 효 다했으니
그리하라 고모들 허락받은
어머니 생각하면 어릴 때는 몰랐지만
나이 들어갈수록 미움 분노 불쑥불쑥

돌아가신 어머니 나이 77세가 돼서야
신선같이 사는 나의 삶 안에서
내 이름 지으시던 아버지 맘 내 맘 닿았다

아버지 미안하고 고맙습니다
아버지는 이미 파란 하늘이셨습니다
라고 말했다
내 마음 응어리 돌 주체할 수 없는
눈물 되어 녹아 흐르네

2022. 9. 8. 오후
2022. 8. 28. 이사 온 아파트 한 바퀴 돌아보러 나가서 도서관 지을 벤치에
앉아서.
- 아버지 백낙원 1914. 1. 21. ~ 2004. 11. 10. (92세)
- 어머니 민복남 1912. 1. 26. ~ 1988. 5. 19. (76세)

주 그리스도 예수께

죄로 인하여 고통당하는 인간에게 베풀어지는 긍휼
죄인으로서 인간에게 베풀어지는 값없는 은혜
범죄를 일삼은 인간에게 베풀어지는 인내
하나님의 형상으로서 인간에게 베풀어지는 사랑

이 헤세드의 은혜가 우주적 고통의 현장에 주님 함께하사
코로나로 홀로 격리되어 중환자실의 죽음의 공포 안에서
두려움 무서움 외로움 괴로움에서 건져내사
예수 그리스도의 대속 안에서
따스하고 포근한 안식의 이불로 덮으소서

나와 한 배 한 태에서 난 쌍둥이 동생
그 아픔, 그 괴로움 고스란히 전해져 와
애곡의 눈물로 호소드립니다
죄와 합치될 수 없는 하나님의 공의 앞에서

우리 대신 십자가에서 죽음으로
하나님의 공의를 만족케 하시고
우리의 씻음과 거룩함과 의로움과 구속함이 되시고
우주적인 고통 사망 권세를 이기신 그리스도 예수께
백운기 78세 영혼을 부탁드립니다
이제 아버지의 따뜻한 품에서
위로와 은혜와 평강 안에 안식하길!

오늘은 웃픈 날이다.

기뻐서 웃음 나는 날 슬퍼서 눈물 나는 날!

그토록 가고자 했던 아버지 집,

백운기 백운선 한 배 속에서 나서 자라

1945년 5월 24일에 태어나

2022년 5월 30일 마지막으로 보고,

2022년 6월 1일 코로나로 혼절하여

구급차로 세브란스 응급실에서

검사 결과 코로나로

신림동 양지 병원 격리실에 홀로 있다가,

2022년 6월 1일 대구 요양병원 입원

만 77세로 7월 8일 영원한 안식으로 들어가다.

백금산 목사님 사도행전 1장 8절 말씀

오순절 성령강림의 의미, 하나님 나라 전파

성령강림 주일에, 예수가족교회 23주년 생일에

11시에 예배 시작해서 12시 45분 마친 후

그때부터 30분간 동생의 아픔이 그대로 전해져

웃사의 딸 처녀로 죽은 친구와 함께

애곡의 의미를 이해하며

몇 자 적은 기도로

그 아픔에, 그 외로움에 동참하고자 글로 남긴다.

주님, 함께하소서!

아내 이상순에게 미안하고 고맙다고 인사하고 가서 고마워

그동안 올케가 고생한 보람 되었다 좋았어

올케는 천사였어!

그러고 보면 너는 참으로 복 받은 자였어
아들 손자 주님께 부탁하고
편히 잘 가거라!

선종

인생사 최고의 승리는(성공)
주 안에서 선종하는 것이다

2022. 8. 17.

인생사 최고의 위로 또한 죽임이라는 이름이다.

내가 스스로 말하기를 나는 내 보금자리에서 선종하리라(욥 29:18)

주 안에서 죽는 자들은 복이 있도다(계 14:13)

＊ 선종: 라틴어로 '올바른 죽음', '거룩한 죽음'이란 말을 동양식으로 해석.

봉산리 교회 교가

70년 전 여름성경학교 불렀던 노래 한 제목

아 재미있어라 선생님의 동화 어쩌면 어쩌면
그렇게도 잘하시나 고맙습니다
이야기 명심코 잊지 않았다가 이다음에 우리도
좋은 사람 되겠어요 고맙습니다

고제 봉산교회 주일학교 교가

거룩도다 하나님이 복을 빌으시니(주시니)
산이 높고 물이 맑아 좋은 동무 나네

후렴: 사랑함과 도움으로 터 닦아 세운
　　　우리 봉산 주일학교 영원무궁하네

흘러가는 앞 냇물은 굽이쳐 흐르고
아름다운 삼봉산은 높이 솟아 있네

앞 냇물은 졸졸 흘러 이 땅을 씻고
십자가상 보배 피는 죄악을 씻는다

2023. 10. 25. 지난날이 생각나서

경상남도 거창군 고제면 봉산리 472번지 와룡

 * 이영조(브살렐) 1941년 11월 26일 생

주일학교 교가 생각나는 대로 씀

뇌경색으로 손이 떨려 글이 쓰기 힘들다.

지금까지 알고 있다는 것이 귀해서 적어보았다.

심장 소리 들릴 때

내 나이 77세가 되어서야
사랑하는 자를 만날 때에
심장이 뛰는 이유를 알았네

내 안에 심장이
주님 것임을요

77세가 되어도 성화는커녕
죄 공장인 나 구제가 불능인 나를

주님 크신 믿음을 은혜로 주셔서
하나님과의 화목 교제 사귐
긍휼 은혜 사랑 생각할 때

두근두근 콩당콩당
심장 소리 들릴 때
이분이 나의 사랑임을 알았네

2022. 12. 4. 12:50 오후
백금산 목사님 레 3:7-17 5대 제사 중
꽃이 되고 하이라이트가 되는 화목제 중에서.

서향동백 꽃

순백의 하얀 드레스 입은 새신부의 모습같이
맑고 빛난 연분홍 비단 치마 노랑 저고리
순결하고 고결한 기품 넘치는
해맑은 모습에 함박웃음 가득 머금고
은은한 향기로 뭇시선과 마음 사로잡아
기쁘고 즐겁고 행복한 나날 보내게 하더니

어떻게 이렇게 언짢도 귀띔도 없이
싱싱한 푸르름 홍조 띤 얼굴에 미소 머금고
고고한 자태로 흐트러짐 없이
땅바닥에 떨어져 앉아 있는고
방석이라도 깔고 앉아 있어야
너의 모습답지 않겠니?

아~아~ 이럴 수도 있구나
무슨 까닭이 있겠지
무슨 깊은 뜻이 있겠지
언뜻 떠오르는 생각
자식을 앞세운 부모의 심정
올 때는 순서대로 왔지만 갈 때는 순서가 없다고
부르시는 이의 뜻에 따라가는 거라고

이 불변의 진리를 증거하러
네가 낳고 네가 우리 집에 왔구나
주님의 높고 위대하심을 내 영혼이 찬양하네

2024. 2. 14.

기쁨이가 얼마 전 사다 준 서향동백이 아름답고 싱싱한 꽃으로 나무에 달렸
을 때나 떨어졌을 때의 꽃이나 똑같다는 것을 보고 그 황당함을 표현함.

오늘

아침이 되면 오늘을 허락하신 하나님 아버지 감사합니다
오늘을 아버지께서 바라시는 삶을 살아내도록 도와주옵소서
예수님의 이름으로 기도드리옵나이다 아멘

오늘이란 하나님께서 주신 선물 중에 제일이라 한다
하루 시간 금이라 한다 그만큼 소중하고 귀하단 뜻이리라

어제 죽은 사람이 오늘을 만나고자
얼마나 빌며 소원을 드렸던고
그 오늘을 만난 나를 얼마나 부러워했을지
그들을 봐서라도 오늘 하루 시간을 알차게 채우자

그 후부터 나는 어제의 삶을 벗어나지 못하고
습관을 좇아 일상을 살았다
어둠이 내리깔려 사방을 덮고 잠자리에 들 때야
오늘을 돌아보며 자문해 본다
오늘을 홀대한 나를 반성할 때 난 가야 해 시간이 없어
우린 헤어져야 한다고 말하네

다시 돌아올 수도 다시 만날 수도 없는 너
추억만 남긴 채 과거라는 이름의 나라로 가는구나
영원히 먼 길 떠나는 나의 선물 오늘아 잘 가

현재는 직관으로 만나고
미래는 예지로 만난다면
과거로 간 너를 기억으로밖에 만나지 못하겠구나
너의 뒷모습 바라보며 있을 때

아쉬움이 찾아와
내일이 오늘 되어 다시 만나게 되면
네 소원대로 오로지 하여 주 영광만 위한 삶 살아
아쉬움 후회 남기지 말라고 하네

"오늘 또 하루가 영원히 내 곁을 떠나가네"

2024. 3. 16.
잠자리 들면서 남편하고 말하다 쓰게 됨.

하늘이 삼위 하나님의
찬란한 빛 자기 계시

연이은 장마로 인해 밖에 나가지 못하다
오늘은 햇빛이 나서 핸드카를 밀고
아파트 한 바퀴를 돌다 벤치에 앉아 하늘을 쳐다보았다
비 온 후의 하늘은 더더욱 맑고 티 하나 점하나 없는
그 깨끗함에 눈이 부셨다
맑고 빛난 파란 하늘 순백의 하얀 구름에
햇빛을 비춰주시니 그 깨끗함의 강도는
극치 초월의 아름다움이었다
순백의 하얀 구름 안에서 그 깨끗함 안에서
거룩하신 하나님을 뵈옵고 심장은 뛰고 있었다
하나님의 속성이 송이송이 꽃이 피어나듯
봉긋봉긋 솟아났다
하나님의 자존성 지식 지혜 거룩 진실 사랑 선의
주권 전지전능 영원불변 무소부재 완전무결
순전 순결 순진 유복성 자비 긍휼 은혜

하나님의 속성이 샛별같이 반짝이는
황금 같은 보석의 찬란한 빛 환희로 가득 채워져
하늘이 하나님이 되셨다
하늘이 삼위 하나님의 찬란한 빛 자기 계시하고 계셨다

아름다운 경이로움과 삼위 하나님의 영광만이
가득한 곳에서 땅을 향해 하늘이 하나님의 영광을

선포하셨다

하늘이 하나님의 영광을 선포하고
궁창이 그의 손으로 하신 일을 나타내도다
날은 날에게 말하고 밤은 밤에게 지식을 전하니
언어도 없고 말씀도 없으며 들리는 소리도 없으나
그의 소리가 온 땅에 통하고 그의 말씀이
세상 끝까지 이르도다 하나님이 해를 위하여
하늘에 장막을 베푸셨도다(시 19:1-4)

하늘을 보다 땅을 보았다
극한 아름다움과 극한 징그러움이 공존하고 있다
아름다운 꽃밭 속에도 뱀이 독을 가득 머금고
똬리를 틀고 꽃과 함께 살고 있었다
뱀은 나무 위에도 살고 땅 위에도 살고
땅속에서 살고 심지어 흙으로 만들어진
내 육신의 마음 땅에도
　　　　생각 땅에도
　　　　의식 땅에도
　　　　무의식 땅에도
　　　　잠재의식 땅에도 살고 있다
뱀이 똬리를 틀고 나와 함께 산다는 사실에 소름이 돋는다
이 땅은 뱀이 못사는 곳은 없다
틈만 보이면 사람 사는 방에도 들어온다

책을 내면서 주님의 은혜에 감사함이 큰 중에도
행여나 나의 위선의 흉측함을 가리는 도구로 사용되고

하나님 영광을 가로채는 것이 두렵고 무서웠다

나의 연약함이 두려워 헵시바 예명을 써보기도 했지만
핸드폰이 나의 이름을 증명해 내니 통하지 않아
백은선(목사님께서 지어주신 이름),
헵시바(믿음 안에서 얻은 이름) 모두가 귀하니
개인적으로는 이렇게 불러주기를 바란다
시를 지어보라고 시집을 선물해 준 질부와 책 발간을 위해
기도하고 애써주신 모든 분께 감사를 드린다

뱀의 간교한 혀에 놀아나지 않도록 나를 칭찬하지 말고
오직 주의 성령께서 지으시고 쓰셨으니
주께 영광 드리기를 바라는 마음뿐이다

- 기도 -
하늘에 계신 하나님 아버지여
여기까지 인도해주신 은혜를 감사드립니다
하나님의 기뻐하시고 거룩한 뜻이
하늘에서 이루어진 것 같이
이 땅에도
내 마음 땅에도
내 생각 땅에도
내 의식 땅에도
내 무의식 땅에도
내 잠재의식 땅에도
이루어지게 하여 주옵시고
사탄의 궤계를 멸하러 오신 주님께

모든 것을 부탁하옵고

하나님의 영광을 가로채는 일이 없게 하시며

나의 위선의 흉측함을 책으로 가리는

도구로 사용하지 않게 하옵시고

이 자리까지 올 수 있도록 도와주시고

기도해 주신 모든 분께도 감사드리며

주님의 강하신 오른팔로 꼭 붙들어 주옵소서

하나님의 영광에 참여시켜 주신 은혜 감사하옵고

우리의 피난처가 되신 우리 구주

그리스도 예수님의 이름으로 기도와 간구드리옵나이다

아멘.

"주의 성령님 시집을 내면서" 백운선

내 귀에 들리는 대로 시행하리라 하신 주님을 믿고 의지하며

죄를 짓는 자는 마귀에게 속하나니

마귀는 처음부터 범죄함이라 하나님의 아들이 나타나신 것은 마귀의 일을 멸

하려 하심이라 (요일 3:8)

사랑이 죽음이듯

기쁨을 주면 반드시 슬픔을 가져다준다
호접란 여디디야 생일선물 꽃을 보낸 날에

2023. 11. 2. 4:40 오후
세상 것에 한해.

구원

구원은 죽음과 눈물의 탄식입니다

롬 8:1-29 천지를 동원한 탄식의 합심 기도를 발견하고
졸지도 주무시지도 하루도 쉬지 않으시는
하나님의 우리를 향하신 지극히 크신 사랑
특히 잃어버린 양 한 마리를 찾아 동원한 탄식의 기도에
놀랍고 놀랍고 놀라움을 금치 못합니다

그 잃은 양 한 마리가 돌아오기까지
자기 지체가 떨어지는 아픔의 탄식으로
우주적인 기도를 하고 계십니다
- 땀이 피가 되기까지 -

예수님이 이 세상에 오신 목적도 잃어버린 자를 찾아 구원하게 함이라(눅 19:10)

너희 생각에는 어떠하냐 만일 어떤 사람이 양 백 마리가 있는데 그중의 하나가 길을 잃었으면 그 아흔아홉 마리를 산에 두고 가서 길 잃은 양을 찾지 않겠느냐(마 18:12)

진실로 너희에게 이르노니 만일 찾으면 길을 잃지 아니한 아흔아홉 마리보다 이것을 더 기뻐하리라(마 18:13)

하늘에 계신 하나님 아버지께서 온 천지를 향해 이 소자 구원을 위한 합심기도를 명하신 아버지의 그 사랑 그 은혜 그 자비 잃어버린 한 마리 양에게로 온통 마음을 다하시는 하나님 아버지의 그 열정과 그 열심을 보며 저도 눈물로 탄식의 간구를 보탭니다.

주 예수를 믿으라 그리하면 너와 네집이 구원을 얻으리라(행 16:31)

어머니의 삶
예수 그리스도 증인의 삶

나이 들어 갈수록 어머니가 더욱 그리워집니다.
어머니 디딜방아 찧으러 가실 때 나도 따라가다 피날 때
나뭇잎으로 싸고 지푸라기로 매어 주셨지요.
그 손가락 흉터
어머니의 삶에 흔적으로 남아 어머니 보고플 땐
손가락 바라봅니다. 이야기도 합니다.

없는 집에 시집온 며느리가 미안해
예배당 가서 예수 믿어 주시다 예수님 믿게 되어
구원받으신 것 참 잘하셨습니다.
그 며느리한테 미안하길 참 잘하셨습니다.

딸은 엄마 닮는데 너도 나를 닮으면
나중에는 잘살 거다 하시던 말씀대로 엄마 닮아 잘살아요.

세상에 둘도 없는 자부 시모 밥 드시면 자기 배부르고
시모 대소변 갈아 주면 자기 속 시원하고
시모 목욕시키고 나면 자기 몸 시원하다는
그런 자부 둘 없죠. 아, 그런데 둘 있습니다.
우리 자부가 엄마 자부 같거든요.
룻같이 시부모 모시며 살게 해 달라 기도하고 간청드려
하나님의 은혜로 기도 응답받아
저 둘 사는 옆 동으로 이사 오게 되었다고 기뻐하고

친정 식구들까지 좋아하니 이런 자부 세상에 둘 없는데
엄마 자부 우리 자부
세상에 둘 있네요.
이 시대는 시댁 시부모 싫어 시금치도 안 먹고
시부모 천국 있으면 천국 가기 싫다는 그런 시대에
귀하고 보배로운 자부와 함께 사니
이쯤 하면 노년의 삶이 엄마 닮았죠.

너는 딸이 없어 어쩔래 나 같은 딸도 딸이라고
나 같은 딸은 오히려 없는 것이 나은데도
어머니 걱정 마세요 자부가 딸 같아
어머니 생일 한번 찾지 못한 거 미안하고 죄송합니다.
지금 생각하면 후회되고 자책되어
내가 미워질 때가 많아요.
이런 이야기를 나누다 나는 눈을 감고 누워
어머니 만나러 세상에서 어머니 만날 때
가장 기뻐 뛰며 좋아하며 만났던
지서 앞 삼거리 버스 정거장에 가서 버스가 오면
내리는 사람 각자 다 쳐다보며
어머니가 내리지 않으면 큰 실망 안고 돌아서
엄마 왜 안 오노 엄마 왜 안 오노 애타게 기다릴 때
저 멀리서 무엇을 머리에 이고 오시는 어머니를 만날 때면
요즘 아이들 말로 하늘만큼 땅만큼 좋았습니다.

그런데 오늘은 가슴이 찌르듯 아파 오며
눈물이 왈칵 터져 나왔습니다.
전에는 보이지 않던 것들이 보이고 들렸습니다.

읍내 5일 장 20리 길을 무엇을 이고 가시면
무엇을 또 이고 오시고 물동이 이고 뒷산 밑 샘에 가서
하루하루 먹을 물 이고 오시고
빨랫감 이고 도랑물에 씻어 이고 오시고
땔감 나무 산에 가서 청솔 가지 해다 이고 오셔서
밥 한 그릇 하랴 불을 붙이려면 눈물 많이 흘려야 됩니다.
산은 벌거숭이 민둥산이라 먼 산으로 가야
나무를 해 올 수 있습니다.
20리길 가서서 산나물 쑥 나물 뜯어 쑥밥 쑥국
쑥죽으로 하루를 삽니다.
심지어 변소에 인분까지 보리밭 거름 주고 옵니다.

보릿고개 넘을 때 익지 않은 벼를 베다 밥솥에 익혀
햇빛에 말려 디딜방아 찧어 밥합니다.
보리쌀도 찧습니다.
아침밥 한 그릇 떠 놓았다 김치 넣고 끓이면
갱시기가 됩니다.
어떨 때 보리쌀 찧고 나면 가루 개떡 해 먹고
개수제비 해 먹으면 자갈자갈 돌이 씹힙니다.
그래도 오물오물해 넘깁니다.
우리의 간식은 진달래꽃, 찔레꽃, 찔레 대궁 연한 것
아카시아꽃, 삐삐, 심금, 버들강아지, 잔대, 칡, 송구
개구리, 왕거미

삼을 심어
어른 키보다 더 큰 삼을 베어
삼거리 지나 냇물 건너 도공들 도자기 구워 내듯

흙구덩이에 삶아 내어
손톱으로 찢어 무릎에 비비고
잿물에 묻혀 방구들에 며칠 묻었다가
도랑물에 가서 빨면 실이 됩니다.
삼베 실에 풀 발라 왕겨 불에 말려 베틀에 올려
밤이 새도록 새벽 동틀 때까지
엄마는 베를 짜고
베틀 밑에는
덜커덕덜커덕 소리 들으며
아이들은 무심히 잠을 잡니다.
'수백 가지 일해야 낳는 것이 삼베다'
여러 공정을 거쳐 삼베가 되면
읍내 장에 나가 팔아서
쌀을 살 때는 너무나도 돈이 아까웠으나
어머니의 얼굴에는 웃음이 번져납니다.

- 어느 때는 어머니 뒤쪽 머리를 잘라 팝니다 -

죽음으로 새 生命을 맞이합니다.

어머니 밥 한 그릇에 땀 한 바가지
눈물 한 바가지 넣어 밥을 해 먹여 우리를 키우셨습니다.

기력이 없어 아무 말 못 하고
말할 틈 없어 아무 말 못 하고 입을 꼭 다물고 사신 것
이제야 알았습니다.
어머니의 소리 없는 웃음은 눈물 없는 울음이었음을

몸서리치며 아파하신 까닭을 나아가며 들어가며
머리에 이고 사신 까닭을 이제야 알았습니다.
뼈와 가죽만 남기시고 다 주시고 간 이 삶이
수고와 슬픔뿐인 이 삶이
예수 십자가 증인의 삶이시랍니다.
영광스러운 예수 증인의 삶이랍니다.

어머니 날 낳으시고 물과 피 흘림 보고
예수 그리스도 십자가 물과 피 쏟아
교회 성도 나 낳으심 깨달아 알아차리라 함이요.

이 세상 모든 부모 부끄러운 알몸 아들로 덮어 주어
마지막 세상 떠나게 하심도 그 아들이
예수 십자가에 그 크신 구원 예수 피로 씻어 용서
죗값 지불하시고 예수 옷 벗어 허물 덮어 죄 없는 자로 여겨
구원하신 그 긍휼 그 은혜 그 사랑 알아차리고

이 세상 모든 죽음의 모습 예수 십자가 모습으로 가게 하신
하나님의 계획 뜻 신실하고 참된 목 잘린 순교자로
죽게 하셔서 새 모습 주려 하심이었습니다.
뼈와 가죽만 남은 그 모습이 진실하고 참되신
하나님의 말씀이라 하셨습니다.

아~아 ~ 놀랍도다
아~아 ~ 깊도다
하나님의 지혜와 지식의 부요함이여
심장이 쿵캉쿵캉

이 큰 은혜에 놀라고 놀라고 놀랐습니다.
할렐루야 아멘.

하늘에 있는 자들과 땅에 있는 자들과 땅 아래에 있는 자들로 모든 무릎을 예수의 이름에 꿇게 하시고(빌 2:10-11)

사랑하는 고모님

사랑하는 고모님
저는 당분간 고모님을 만날 용기가 나지 않아요.
고모를 뵈면 엉엉 대성통곡을 할 것 같아서요.
방금 고모님의 시를 끝까지 읽으면서
한 시간 내내 눈물을 흘려 제 눈이 퉁퉁 부었답니다.
고모님은 제가 아는 한 가장 은혜로운 시인입니다.
신학자 시인입니다.
대기만성이란 말은 고모님을 두고 나온 말인 것 같습니다.
고모님이 우리 고모여서 행복합니다.
부디 강건하게 오래오래 사시면서 귀한 시를 통해
저희에게 세상 사는 이치와
하나님 은혜 감사하고 사는 법과
사람 사랑하는 도리를 알려 주세요.

질부 김은주

질부에게

기분 좋고
기품 넘치는
아름다운 글과
염원과 기도와 시집을
사 주는 격려에
감동이 시의 씨앗이 되고
마음 밭에 심어지고
싹이 나고 자라
꽃이 피어
즐거워하며 감사하며
눈물로 회답해 준
질부에게

너무나 감동되어
말을 잃을 때
나는 눈물로
대답한다

시(詩)고모가
2024. 7. 16.

소감문

사랑하는 권사님! 권사님의 시를 읽는 내내 감동으로 눈물이 났습니다. 시 속에 평소의 권사님이 계셨습니다. 진솔하고 감성 깊은 신앙인의 믿음으로, 영혼의 세계를 들려주시며 우리를 섬겨주시던 권사님의 모습 그대로 말입니다. 하나님의 말씀을 이렇게 아름답고 고귀하게 시로 생생히 들려주셔서 읽을 때마다 은혜가 되었습니다. 감사합니다.

저의 롤모델이신 멋진 권사님! 언제나 건강하시어 저희의 버팀목으로 오래도록 곁에 계시게 해 달라고 주님께 기도드립니다.

권순자 권사(예수가족교회)

고운 것도 거짓되고 아름다운 것도 헛되나 오직 여호와를 경외하는 여자는 칭찬을 받을 것이라 (잠언 31:30)

삼위일체 하나님의 구원과 영광을 찬양할 때 내 마음도 뜨거워져 할렐루야를 외칩니다. 어머니 그리워 눈물 흘릴 때 내 눈도 이슬에 젖고, 가족을 향한 사랑을 보고 들을 때면 내 입가에도 미소가 떠오릅니다.

시인의 시집은 구원받은 신자가 일상에서 하나님의 자녀로 살아갈 때 어떤 모습으로 살아가게 되는지를 보여 주는 그림책 같았습니다. 꽃, 나무, 하늘과 대화를 나누는 시인의 감성은 인생의 황혼 녘에 느끼게 되는 평온함 중에 하나님의 창조를 찬양합니다. 굽이굽이 흐르는 삶의 희로애락이 한 알 한 알 모여 글 송이가 되어 마음에 꽃으로 피어났습니다. 위인전에서나 보는 신앙의 선배가 아니라, 내가 섬기는 교회 안에서 만날 수 있는 인생의 선배라서 더 실감 나고 감동으로 다가옵니다. 이런 분과 함께하게 하시니 감사합니다. 삶의 모든 순간이 은혜임을 고백하는 시인처럼, 힘을 내어 사랑하고 감사하며 살게 하소서!

고현숙 집사(예수가족교회)

어머니의 시집을 열 때마다 저는 눈물이 핑 돕니다. 어찌 이리 진실하고, 어찌 이리 겸손하신지요. 내 안에 있는 줄 몰랐던 응어리와 감동도 툭툭 건드려 깨워 주시는 어머니의 시가, 저는 더 많은 예수님 믿는 백성들에게 읽혀서, 위로되고 깨달아지게 되었으면 하는 바람입니다.

초등학교 공부가 배움의 전부라고 하셨는데, 어머니는 이 땅의 모든 사람의 선생님이 될 수 있는 훌륭하고도 성숙한 어머니이십니다. 시를 읽고 음미할 때도 좋지만, 이런 따뜻하고 훌륭한 분이 우리 한국교회의 권사님이신 것도 너무나 뿌듯합니다.

백운선 시인님~♡♡ 시를 통해 만나는 시인님이 너무 훌륭하고, 사랑스럽고, 존경스럽습니다. 이런 시들을 허락하신 하나님을 찬양합니다.

변희진 선교사(대만, GMP)

권사님의 시는 설교 말씀을 듣고 주님께 화답하는 성도의 노래입니다. 그 노래가 삶에 녹아 하나님께 온전히 드려지는 예배가 됩니다. 그래서 시를 읽고 묵상하면 하나님이 일상 가운데 일하시고 우리를 세밀히 돌보시는 것이 느껴집니다. 매주 주님께서 목사님을 통해 하시는 말씀을 들으러 예배당으로 가시는 권사님은 하나님을 예배하는 시인입니다. 예배당을 나와 일상으로 돌아와 그 말씀으로 세상을 바라보는 권사님은 묵상하는 시인입니다.

손우근 선교사(대만, GMP)

백운선 권사님의 시집을 읽으면서, 권사님의 시집은 마치 '시편의 6권, 151편과도 같다'고 생각했습니다. 시편은 다른 어떤 성경의 책들보다 내용이 방대하여, 총 5권 150편으로 이루어져 있습니다. 그래서 성경의 한가운데를 펼치면 시편을 쉽게 찾을 수 있습니다. 그런데 이 시편이 매우 놀라운 책인 이유는, 다른 성경 책은 하나님께서 우리에게 하나님의 뜻을 계시해 주시는 말씀이 주가 되지만, 시편은 믿음의 선진들이 하나님께서 주신 말씀을 따라 믿음으로 살아가는 중에 삶의 현장과 어우러진 깊은 심령의 고백과 찬송을 하나님께 올려 드린 노래이기 때문입니다.

그런데 백운선 권사님의 시집이 마치 시편과도 같은 이유는, 권사님께서 주일 설교를 듣고 나서, 혹은 말씀을 묵상하시다가, 혹은 피조 세계를 감상하시다가, 또 혹은 독서를 하시다가, 때마다 느껴지는 마음의 감동을 따라 시를 지으셨기 때문입니다. 권사님의 시집에는 시편의 많은 시처럼, 하나님 백성들의 기쁨과 슬픔, 즐거움과 애통함, 서러움과 번민, 안타까움과 한(恨) 등이 고루 담겨 있습니다. 권사님의 시집을 읽으면 권사님께서 말씀을 얼마나 사랑하고, 소망하고, 또 신뢰하셨는지 알게 됩니다. 또한 말씀과 어우러진 삶의 모양새와 색채가 어떠했는지도 느낄 수 있습니다.

칼빈은 시편을 '영혼의 해부도'라 칭했습니다. 시편의 노래가 시인들의 마음 깊숙한 곳을 보여 주기 때문입니다. 권사님의 신앙과 삶을 깊숙이 보여 주는 이 시집은, 제가 어떻게 하나님의 말씀에 반응하며 살아가야 하는지 돌아보게 해 줍니다. 특히 목회자로 살아가면서 하나님의 말씀에 대한 반응으로 저는 어떠한 고백들과 노래를 하나님께 올려 드리고 있는지 생각해 보게 됩니다.

하여, 저도 권사님처럼 말씀에 대한 반응으로 저의 경험과 감정을 담아 신앙 시로 표현해 보고 싶어졌습니다. 권사님의 시편 '제6권 151편'이 있듯이, 부족하지만 저도 언젠가 시를 통해 제 신앙의 표현을 아름답게 올려 드릴 수 있기를 소망합니다.

신성현 목사(예수가족교회)

저는 이 시를 처음 읽었을 때 산상수훈의 팔복이 떠올랐습니다. "애통하는 자 복이 있나니 위로를 받을 것이요(마태복음 5:4)"

인생의 노년을 통과하고 있는 시인이 하나님 앞에서 자신의 모습을 되돌아보며 삶의 한 굽이굽이를 애통해하는 모습과 그 깊은 성찰이 참으로 귀하고 아름답습니다. 읽는 내내 시인이 울 때 함께 울며 마음이 먹먹해지기도 했고, 큰 위로를 받았습니다. 나도 노년에 저런 애통함을 소유할 수 있을까 하는 생각도 들었습니다.

"마음이 청결한 자 복이 있나니 하나님을 볼 것이요(마태복음 5:8)"

고교 시절 팔복을 대하며, '아니, 하나님을 볼 수 있다니 과연 어떠한 사람이 하나님을 볼 수 있을까?' 궁금했습니다. 시인의 시를 보니 그 해답이 있습니다. 하나님께 기도하며, 말씀을 깊이 묵상하며, 그 안에서 하나님을 대면하는 시인의 모습을 보게 됩니다. 어린아이와 같은 그 순전한 마음을 하나님이 기뻐하심을 알 수 있었습니다. 내 노년에 저런 동심을 소유할 수 있을까 하는 기대 반 푸념 반의 마음도 들었습니다.

"온유한 자 복이 있나니 땅을 기업으로 받을 것이요(마태복음 5:5)"

마지막으로 시인의 온유함과 강인함을 말하고 싶습니다. 우리 교회 공동체에는 많은 신앙의 위인들이 있었습니다. 그중 한 분이 바로 백운선 권사님이십니다. 개인적으로 20년 가까이 시인의 삶과 신앙을 지켜볼 수 있었습니다. 예배와 말씀, 특히 말씀 암송, 기도와 교제에 있어 어려운 가운데에서도 아름다운 본을 늘 보여 주신 진정한 어른이십니다. 사랑의 삶, 열정 어린 신앙인의 삶이라 표현하고 싶습니다. 무엇보다도 가족과 성도들을 얼마나 사랑하시는지, 천사와도 같은 그 표정은 이러한 사랑에서 나오는 것이 아닌가 싶었습니다. 시인의 삶을 알고 읽는 시집은 그렇지 못한 독자들이 읽는 것과는 사뭇 다르리라 생각하면 아쉽기도 하지만, 한편, 저에게 주어진 복이자 특권이라 생각하며 감사히 읽었습니다. 팔복이 어려 있는 이 위대한 시들과 아름다운 시인의 삶을 보게 해 주신 하나님께 감사드리며 짧은 소감문을 마칩니다.

하동일 집사(예수가족교회)

어른들의 이야기를 듣다 보면 다들 책 한 권씩은 나올 만한 서사가 쏟아진다. 그냥 지나칠 수도 있지만 가만 들여다보면 하나님이 부여하신 고귀한 그들만의 삶의 의미가 그분들 인생에 고스란히 담겨 있다. 삶으로 엮어 낸 작은 우주 하나를 직접 자신의 말로 기록해 낸 어머님의 노력이 귀하게 느껴져 부러웠다. 하나님이 허락하신 자신의 한 생을 십자가의 복음으로 오롯이 해석해 낸 어머니의 통찰을 따라가다 보면 때론 눈물이, 때론 해학과 웃음이, 때론 나도 잘 늙고 싶은 마음에 질투심이 일었다. 작은 책속에서 충만한 우주를 경험했다.

김정희 집사(시광교회)

어머니 고백에 붙여

국민학교도 제대로 다 채우지 못한 어머니께서
일생에 걸쳐 배울 수 있었던 유일한 문체가 성경이었습니다
거룩하고 거대한 언어 체계를 빌어
한 개인의 소소한 삶을 담으니
맞지 않은 헐렁한 옷을 입고 춤을 추듯
자칫 과장으로 허세로 비칠 수도 있겠습니다

하늘을 깍이라 말하든
사랑을 뗏이라 말하든
어머니의 삶을 통해
하늘과 사랑을 배웠던
아들인 저로서는
그저
어떻게라도 당신을 나타낼 수 있다는 점이
고마울 따름입니다.
다만…
전반에 드리워진 푸른 계통의 채도는
많이 낮출 수 있었었는데…

공책으로 수십 권
고백하셨던 모든 글을

나 아직 안 되었다며 다 버리셨던 분이
허리 굽고 손 떨리며 세상을 향해 하얗게 다 태우시다
마지막 재 같은 고백을 남기셨습니다

증보판은 두 아들의 삶에 쓰이고
퇴고는 당신께서 손수 새겨 주시길
소망하며
엄마의 용기에 찬사를 보냅니다

큰아들 이종철